D1057376

Collection MONSIEUR

1 MONSIEUR CHATOUILLE
2 MONSIEUR RAPIDE
3 MONSIEUR FARCEUR
4 MONSIEUR GLOUTON
5 MONSIEUR RIGOLO
6 MONSIEUR COSTAUD
7 MONSIEUR GROGNON
8 MONSIEUR CURIEUX
9 MONSIEUR NIGAUD
10 MONSIEUR RÊVE
11 MONSIEUR BAGARREUR
12 MONSIEUR INQUIET
13 MONSIEUR NON
14 MONSIEUR HEUREUX
15 MONSIEUR INCROYABLE
16 MONSIEUR À L'ENVERS
17 MONSIEUR PARFAIT
18 MONSIEUR MÉLI-MÉLO
19 MONSIEUR BRUIT
20 MONSIEUR SILENCE
21 MONSIEUR AVARE
22 MONSIEUR SALE
23 MONSIEUR PRESSÉ
24 MONSIEUR TATILLON
25 MONSIEUR MAIGRE
26 MONSIEUR MALIN
27 MONSIEUR MALPOLI
28 MONSIEUR ENDORMI
29 MONSIEUR GRINCHEUX
30 MONSIEUR PEUREUX
31 MONSIEUR ÉTONNANT
32 MONSIEUR FARFELU
33 MONSIEUR MALCHANCE
34 MONSIEUR LENT
35 MONSIEUR NEIGE
36 MONSIEUR BIZARRE
37 MONSIEUR MALADROIT
38 MONSIEUR JOYEUX
39 MONSIEUR ÉTOURDI
40 MONSIEUR PETIT
41 MONSIEUR BING
42 MONSIEUR BAVARD
43 MONSIEUR GRAND
44 MONSIEUR COURAGEUX
45 MONSIEUR ATCHOUM
46 MONSIEUR GENTIL
47 MONSIEUR MAL ÉLEVÉ
48 MONSIEUR GÉNIAL
49 MONSIEUR PERSONNE

Monsieur MÉLI-MÉLO

Roger Hargreaves

Lucas

hachette
JEUNESSE

Pauvre monsieur Méli-Mélo !
Il ne pouvait rien faire, rien dire correctement.

Il embrouillait tout
et confondait tout.
Absolument tout !

Quel méli-mélo dans sa tête !

Imagine une chose aussi simple
que planter un clou dans un mur.

Comment pourrait-on s'embrouiller
en plantant un clou ?

Demande à monsieur Méli-Mélo !

Maintenant imagine une chose aussi simple
que mettre un manteau.

Comment pourrait-on s'embrouiller
en enfilant un manteau ?

Eh bien, regarde !

Imagine encore une chose aussi simple
qu'aller se promener.

Comment t'y prendrais-tu
si tu embrouillais tout ?

Eh bien, tu déciderais d'aller d'un côté
et tes pieds partiraient dans une autre direction !

Pauvre monsieur Méli-Mélo, il n'arrivait
jamais là où il avait décidé d'aller.

Tu aimerais peut-être savoir
où habitait monsieur Méli-Mélo ?

Il avait une maison au bord de l'océan,
près de Merbourg.
Monsieur Méli-Mélo avait construit
lui-même sa maison.

Ça se voit, n'est-ce pas ? Quel méli-mélo !

Cette histoire commence un après-midi.

Monsieur Méli-Mélo allait prendre son
petit déjeuner.

Hé oui ! Il confondait également
les heures des repas !

Monsieur Méli-Mélo avait posé sur la table
une biscotte, du beurre, de la confiture,
du thé, du lait et du sucre en poudre.

Il étala le beurre sur la table
et la confiture sur la soucoupe.
Il versa le thé sur la biscotte,
et remplit la tasse de sucre.

Quel méli-mélo, ce petit déjeuner !

Cet après-midi-là, après son petit déjeuner,
monsieur Méli-Mélo
décida d'aller faire une promenade
sur la plage pour se mettre en appétit.

Il rencontra un pêcheur qui s'appelait Georges
et qu'il connaissait bien.

– Bonjour, dit Georges.
Voulez-vous venir pêcher sur ma barque ?

Monsieur Méli-Mélo accepta l'invitation
en faisant « non » de la tête.

– Aidez-moi à pousser la barque à l'eau, demanda Georges.

– Tout à l'heure, répondit monsieur Méli-Mélo en tirant aussitôt la barque sur la plage.

– Oh, monsieur Méli-Mélo ! s'exclama Georges.
Et il lui expliqua la différence
entre « tirer » et « pousser ».

MABEL

Finalement, et pour ainsi dire par miracle,
ils se retrouvèrent tous deux
dans la barque, et sur l'eau.

– C'est le moment de lancer nos cannes,
annonça Georges.
Il lança le fil de sa canne par-dessus bord.

– Un autre jour ! s'écria monsieur Méli-Mélo.
Et il se jeta dans l'eau.

Plouf !

Les poissons ne mordaient pas.
Monsieur Méli-Mélo et Georges décidèrent de rentrer avant la nuit.

– Aidez-moi à tirer la barque sur la plage, demanda Georges.

– Peut-être, répondit monsieur Méli-Mélo.
Et il repoussa la barque dans l'eau.

Georges le regarda d'un air perplexe. Puis il sourit dans sa moustache. Il avait une idée.

MABEL

– Aidez-moi à pousser la barque à l'eau,
dit Georges.

– Tout à l'heure, dit monsieur Méli-Mélo.

Et il tira aussitôt la barque sur la plage !

– Parfait ! s'exclama Georges.

Monsieur Méli-Mélo sourit et s'en alla.

Georges sourit et partit
retrouver ses amis de Merbourg.

Le lendemain, à Merbourg,
monsieur Brique, le maçon, demanda à
monsieur Méli-Mélo de lui tenir son manteau.

– Avec plaisir, dit monsieur Méli-Mélo.

Et il lui tint son échelle.

C'était exactement ce que voulait le maçon,
qui était un ami de Georges.

– Merci beaucoup ! s'exclama monsieur Brique.

Monsieur Méli-Mélo s'en alla tout content.

Madame Toutblanc, la blanchisseuse,
demanda à monsieur Méli-Mélo
de lui passer le savon.

– Avec plaisir, dit monsieur Méli-Mélo.

Il lui passa les pinces à linge.

C'était exactement ce que voulait la blanchisseuse,
qui était une amie de Georges.

– Merci beaucoup, dit madame Toutblanc.

Monsieur Méli-Mélo était de plus en plus content.

Ensuite, monsieur Toutnoir, le charbonnier, demanda à monsieur Méli-Mélo de l'aider à décharger son camion.

– Avec plaisir, répondit monsieur Méli-Mélo.

Et il monta un sac de charbon sur le camion.

C'était exactement ce que voulait monsieur Toutnoir, qui était aussi un ami de Georges.

– Merci beaucoup, déclara le charbonnier.

Monsieur Méli-Mélo était enchanté.

Il était si content qu'il décida
de fêter l'événement.

Il rentra chez lui et prépara
pour midi un dîner de gala.

Au menu : lapin à la moutarde, pommes de terre
et mousse au chocolat.

Il mit le lapin à cuire dans le buffet !

Il fit rissoler les pommes de terre
dans le réfrigérateur.

Et ensuite, sais-tu ce qu'il fit ?

Il coupa la mousse au chocolat en rondelles !

Oh, monsieur Méli-Mélo !

1
MME AUTORITAIRE
2
MME TÊTE-EN-L'AIR
3
MME RANGE-TOUT
4
MME CATASTROPHE
5
MME ACROBATE
6
MME MAGIE
7
MME PROPRETTE
8
MME INDÉCISE
9
MME PETITE
10
MME TOUT-VA-BIEN
11
MME TINTAMARRE
12
MME TIMIDE
13
MME BOUTE-EN-TRAIN
14
MME CANAILLE
15
MME BEAUTÉ
16
MME SAGE
17
MME DOUBLE
LA COLLECTION
MADAME
c'est aussi
40 personnages
18
MME JE-SAIS-TOUT
19
MME CHANCE
20
MME PRUDENTE
21
MME BOULOT
22
MME GÉNIALE
23
MME OUI
24
MME POURQUOI
25
MME COQUETTE
26
MME CONTRAIRE
27
MME TÊTUE
28
MME EN RETARD
29
MME BAVARDE
30
MME FOLLETTE
31
MME BONHEUR
32
MME VEDETTE
33
MME VITE-FAIT
34
MME CASSE-PIEDS
35
MME DODUE
36
MME RISETTE
37
MME CHIPIE
38
MME FARCEUSE
39
MME MALCHANCE
40
MME TERREUR

ISBN : 978-2-01-224855-7
Loi n° 49-956 du 16 juillet 1949 sur les publications destinées à la jeunesse.
Imprimé et relié en France par I.M.E.